인연의 씨알들이 바람씨가 되었네

오종택

(현)에코드림 회장
전북 김제 출생
광운대 명예 공학박사
건설신기술 심의위원
2004~2018년 인선이엔티 회장
2004~2018년 인선1%장학재단 이사장

포상 기록
대한민국 산업포장 수여
국무총리 표창(환경기술상) 2회
환경부장관 표창 수상
국회환경기술 장인상
서울시장 표창(환경분야) 2회
경기도지사 환경 그린 대상
국세청장 표창(모범 납세자)
대한민국 글로벌 녹색경영 대상
대한민국 벤처기업 대상
대한민국 녹색기술부문 대상
대한민국 기업혁신 대상
사회공헌기업 대상

저서 : CEO의 러브레터

소통과 힐링의 시 27

인연의 씨알들이

바람씨가 되었네

오종택 시집

서시

서툴러서 죄송해요
노력할게요
시간을 주면
잘 해 볼게요

3부

6부

1부

인연의
씨알들이
바람씨가
되었네

인연

태양을 죽여 슬퍼라
흐르는 눈물이 석양빛이 되었다

죽어야 살아나는 화신
덩실덩실 파도가 춤을 춘다
오늘 죽어 내일 사니
슬프고도 기쁘도다

그림자 뒤에 달고 걸어온 여정
만나고 헤어지니 찾아든
석양길에 추억만 가득
인연의 씨알들이
바람씨가 되었네

쥐어도 잡아도 허공뿐일 것을
어둠에 가려질까
불을 밝힌다

오늘도 불어오는 바람에
석양빛이 인연을 그린다

서툰 사랑

파도 속에 쓰러져도
여기서 그대의 모습을 본다
온몸이 시려도
마음은 후끈한데
뺨을 타고 내리는 눈물은
수초 향기로 비릿하다

사랑하는 마음이 서툴러
움직일 수 없는
갈망이 또렷이 조우한다

소통의 시작

거기 누가 있나요
나무 그림자에 숨어 순정을 찾고 있나요
한숨 소리가 들려요
낙엽 떨어지는 모습이 슬픈 나이인가요

달빛이 구름에 숨었어요
수줍어하지 말고 당신을 드러내 주세요
살짝 고개가 보이네요
혹시 저를 찾으시나요 거기 누구신가요

숨

쉼 없이 숨 쉬어서
이곳에 살아 있다
아니다 숨이 쉬어졌다

우리는 인생을 살아가며
거저 주어진 생명의 윤회를 망각하고
소유의 항아리에 각자의
이기심을 담고 또 담는다

우리 어느 날 호흡의 자의를 찾아
숨을 참을 수 있을까
어느 날 갑자기
태양이 식어버린다면
우리가 살 수 있을까
그러면 살아남은 자 있어
죽음을 위로할 수 있을까

덧정 없는 그물주의

톱니바퀴는

쉼 없이 시곗바늘을 돌린다

우리 쉼 없이 숨 쉰다

석양

한낮
불덩이 이글거리다
서쪽 바다 붉게 물들였네
어느 시인이
석양 노을빛이 아름답다 하였는가
살다 죽어가는
황혼의 슬픔인 것을

황금물결 노자 삼아 깊은 곳으로
죽어도 살고
살아도 죽는 것이 일상인데
죽어 서럽고
살아 기쁘니
석양 노을은 서럽고 아름답다

바로 지금

자꾸자꾸 미래가 몰려와
오늘도
만남이 작별의 시작이다
오늘 만난
미래가 또 등 떠미니
그곳에 없을
우리는 슬퍼할 수도 없어
만남을
부여잡은 마음이 저리다

올려봐야

파란 하늘을 올려다보면
무슨 생각이 나는지요

희망의 꿈에
가슴 벅차오르는가요

지난한 삶에
한숨만 가득하신가요

저마다 다른 사연을
새기고 부대끼며
가는 여정입니다
심호흡 크게 하고
올려보세요

당신의 모습이 보입니다
하늘은
언제나 그곳에 있습니다

생의 무게

늘어 부스러진
몸뚱이 힘겹게 기워입고
오늘도 새벽 거리를 나섰다
골목을 누비며 버려진 죽음을
주워 담아 또 하루의 생을 얻는다

가득 채워진 포만은
찰나의 잔인한 현실로 다가오니
저울에 올려진
처절한 생의 무게여

폐지 18kg 3,600원
쇠붙이 6kg 1,800원
양은솥 8kg 12,000원

그래도 오늘은
양은솥을 주워서 다행이다
막걸리 한잔 한숨을 들이켜고
집에 가는 길
비틀거리는 발걸음
빈 수레가 어둠에 덜렁거린다

무욕

드잡이 손짓은 허무를 낚았다

부드러운 애무
타오르는 열정이
소유를 꿈꾼다
바람이어라

욕심은
형태의 부재에 슬퍼지고
만족은
나태의 존재에 기울었다
어루만짐에도
소유가 없다

바람은 묵묵히 제 길을 날아간다

존재의 이유

빛이
깊은 수렁에 빠졌다
어둠이 온 세상을 잡아 먹었다

나인지
너인지
찾아도 보이지 않고
불러도 메아리 없다

이 밤 나 살아 숨 쉬어 미안하다
어둠에
먹혀버린 형태를 찾아
암흑이
숨겨버린 자아를 찾아
살아낼 존재의 이유를 더듬는다

욕심의 굴레

산사의 절집에 밤이 깊어간다
초저녁 산만했던 풍경소리도
어둠에 숨고

수행하는 스님 부여잡은 화두는
미로를 헤맨다
깨달음이 있다
깨달음이 없다

비우고 비워야 내가 보이는데
채우고 채우는 욕심이 인생이라

밤을 지새워 아침이 온다
새벽바람에 풍경소리 산만하다

번뇌

태초의 어둠이어라
고요가 없다
휘파람 바람 소리
적막을 부숴온다
상념이 엉켜버린 심연의 고독
거친 숨을 쉬어도
지친 육신을 뒤척여도
허공을 갈라대는 공허한 손짓

님비

차가운
얼음에 갇혀버린 진실
불꽃같이
일어나는 두터운 거짓
참이 숨어들고
거짓이 지배하는 세상
우리 모두
이런 세상을 꿈꾸었던가
아서라 거짓이여
너 아무리
얼음 두께 더해도
강물은
유유히 흐르고
봄이 오는 소리 가득하다
우리는 소망한다
거짓이 멸하고
참이 솟구치는
새싹 피우는 봄이 오기를

독한 사랑

나는 그에게 물었습니다
사랑을 알고 있냐고
그는 답했습니다
사랑이 아파서 두려움 가득하다고

나는 물었습니다
내가 물었는데 답하는 그 사람이
바로 나였습니다

홀로 묻고 답하는 밤이 깊어갑니다

행복을 위하여

그대
살아 있음에 소중하다
어차피 인생은
주어지고 흐르는 것

그대
행복을 너무 탐하지 마라
마음을 던지면
그 자리가 천국이다

그대
현재의 고통에 속상해 마라
슬픔은 끝이 있고
기쁨은 시작 있어
행복은 스스로 찾아오리니

그해 겨울밤

시골 촌놈이
얼어붙은 서울의 밤 거리를 걸었다
변변한 겨울 빔도 없이
차가운 콘크리트 숲의 냉정함에 떨며

힘들게 고개 드니
층층 하늘 향해 아파트가 가득하다
창문에 흘러나오는
형광등 빛의 향연 부럽고 따스했다

고향 집 차가운 화로
밤새워 자식 그리는 늙으신 어머니
차디찬 냉방에 쪼그려
시커멓게 타버린 모정을 그리면서

갈 곳 없어 시골 촌놈이
얼어붙은 서울의 밤 거리를 걸었다

이렇게 추울 수가

시퍼렇게 선 날이
살을 에어 정신줄이 혼미하다
떨리는 어금니
낯선 타악기의 처절한 울림이다

얼어붙은 육신을
부여잡고 휘청거린다
꽁꽁 얼은 마음
산산이 부서져 흩어질까 두렵다

이미 온기조차
사라져 버린 허름한
굴뚝을 부여잡고 흐느낀다

차갑게 얼어붙은
눈물방울이 슬프다
세상이 이렇게 추울 수가 있을까

천년의 묵언

천년 묵은 소나무
여전히 푸르구나
땅심에 옹골지게 터 내리고
묵묵히 긴 세월을 버텼구나
긴긴 세월의
사연들을 켜켜이 새기고
바람 불어와
흥겨워 춤은 추고
비가 내려 슬픔에 눈물 흘린다

해가 뜨면
생명의 빛을 받아내고
세상의 모든 비밀 천년의 묵언
바람에
속삭여 날려 보내는가
빗물에 고백해 씻겨버리는가
저 하늘
떠가는 달님은 알겠지

천년의 푸름 지켜 천년의 북언
이 밤도 묵묵하게 그곳에 있네

고독

긴긴 겨울밤
심술부리는 생각 주머니
꼬리 무는 상념에
쥐어뜯는 불면의 시간
사랑 이별
삶과 죽음
불면의 벼린 날을 들이대
끝 모르게 빠져버린 심연의 바다
빠져나오려는
혼신의 몸부림 간데없이
어둠은 사방을 감싸 안고
덧정 없는 파도
이정표 없이 되도는 상념
사랑 이별
삶과 죽음
애써 운명이라 위로해도
가슴 태우는 고독의 밤이여

이 시긴 여기 살아 있음에
불면을 핑계 삼아 글을 청하고
고독의 이름으로
사랑 슬픔 그리움을 전한다

2부

다시
태어나도
2호선을
타리라

다시 태어나도 2호선을 타리라

붐비는 전철에서
창가에 몸을 기대 책을 읽는
모습이 무척이나 아름다웠다
선아,
다소곳한 눈길에 이끌려
신림역에서 따라 내렸다

커피 한잔 하시죠
청했던 인연이
너와 나
사랑의 시작이었다

그렇게 만나
인생의 불빛이 되어버린 사랑
그렇게 너와 나는
영원한 동반자가 되었다

나, 다시 태어나도
지하철 2호선을 타리라
그때도 너는 책을 읽고 있겠지

그냥 좋아서 with you

새싹 인사하는 봄
연두 물드는 여름
단풍 줄지는 가을
첫눈 설레는 겨울
온통 그대 생각으로 지내온 사계

해오름 동녘 햇살보다
해넘이 붉은 지평선보다
이른 아침 꽃잎의 빛나는
윤슬보다 더 눈부시고 찬란해라

그대를 바라보다
그만 눈을 감는다

달빛에 취해

달빛 그윽한 눈길에 취해서
별을 세고
호수에 빠진 달빛에 님을 봅니다

그리운 내 님
산들거리는 바람 한 잎 물결에
흔들리는
달빛을 애태워도 잡을 길 없어

미워진 바람
무정한 풀벌레 소리는 가득하고

별똥별 선 그리는 이 밤
내 님 그리워
달빛을 내내 잡아두고 싶습니다

억겁의 연

당신을 연모하는 게 죄가 되어
온몸에 굴렁쇠가 옥죄이고
심장의 박동이 사그라져도
당신에게 열정의 키스를 하겠습니다

당신을 연모하는 게 죄가 되어
스스로 숨이 막히고
사지가 서서히 굳어가도
그렇게 부서지는 사랑을 하겠습니다

진정 사랑하기에

당신의 진한 사랑의 향기
마음을 타고 넘어 전신에 가득한데

이제 가신다는 생각에
진즉부터 그리움이 산을 넘습니다

가시는 그 길 막고 싶지만
욕심 많은 마음 들킬까 두렵습니다

애써 미소 지었습니다
다시 보는 그날에는 환한 미소로
당신을 받겠습니다

풋사랑

가지런히 누워지는
초록 동산에
달빛이 그윽하다

맞잡은 손 풀어
수줍은 몸짓으로
초록 옷을 입는다

서툰 숨결에
자지러지는 밀 향기
파도가 일렁인다

소년의 풋사랑은
소녀의 풋사랑은
밀 향기 가득
초록 옷을 입었다

가평 가는 길

내 님 사시는 그곳 가평에 간다
산기슭 좁은 길에
그리움이 가득하다

긴 시간 멀리도 돌아서 가는 길
한달음 내 님에게 가고 싶은데

켜켜이 쌓인 삶의 흔적
보일까 봐 가슴 조이며
나 지나온 발자국을 되돌아본다

가평 가는 길은
언제나 그리움 가득 되돌이표다

가보려 합니다

당신 오신다는 소식에
얼굴 붉어지는
모습이 마냥 부끄러워
미동 없는 자아
정지해버린 시선이여
당신 오듯이
이제 나도 용기 내어
가보려 합니다

어여삐 오시는 그 길을
찾아 나서서
손잡아 함께 하는 사랑

파도 몰아쳐

절정의
되돌이가 그리는
열정의 파노라마
몸을 태워
토해내는 천둥 번개
간절함에 휘몰아치는 파도

한 번 두 번
스무 번 마흔 번
수없이 갈라지고 합하니
씻겨가는 바위
부서지는 모래

끝없는 절정의
되돌이에
뜨겁게 포개진 사랑

짝사랑

내 것인 적이 없었다
내가 본 풍경도
내 맘에
집어넣은 사랑도

또다시 당신을 품는다
내 것 아닌 내 것
가질 수 없는 내 것을
마음에 차곡히 담는다

그대가 있음에

나 걸어온 길
살아 지나온 발자국
곧게 뻗은 길
때로는 굴곡진 길
오름과 내림
희망과 절망이 어우러져
움켜쥔 주먹을 펴니
나 지금 여기에 도착했네

지나간 세월
마디마디 사연을 헤아려
나 지금 어디로 가는지
터벅터벅
걸어가는 이 길을 묻는다

어디로 가는가
어떻게 가야 하는가

비움의 철학을 알아가는
인생의 뒤안길에
그대 손을 맞잡고
느릿느릿 풍경 즐기는 길
그 길을 가겠네
우리 그곳에 있을 것이네

이기적 사랑

어느 날 그대
비스듬히 앉아 악수를 청하기까지
난 외로운 밤에도
시를 쓰지 않았다

내가 사랑하고 내가 홀로 떠나고
이기적인 사랑으로
여백 가득해도 아프지도 못하게
나의 잘못이다

그대 쳐놓은 담장 영영 못 넘어
길을 잃어버린
나에게 아직도 묻는 이가 있으니
그대를 가두려는
내 사랑의 노래는 끝나지 않았다

내 사랑 노래

함께 있지 못해도
사랑이 아닌 건 아니야
같이 죽지 못해도
약속이 거짓은 아니야

애타게 가슴 타도
그리워 못해 사랑하는
거짓말 같은 얘기가
오늘의 내 사랑 노래야

봄눈

포실포실
함박눈 소복이 쌓이는
이 밤을 부여잡아
고독의
하얀 성문을
온몸으로 두드려도
님은
간 곳이 없습니다

앙상한
느티나무 가지에
눈꽃이
제대로 피어보지 못하고
바람 불어와
산산이 부서져 흩날립니다

아침이 되어
스르르 녹아질 하얀 축제
내 님
영영 이별일까 두렵습니다
그리움이
지워질까 더욱 두렵습니다

그대 생각

나의 기쁨에 기꺼이 웃어주고
나의 슬픔에 귀 내어 위로하는
달님이 참 좋다

그리운 내 님 소식을 전해주고
떠나간 내 님 얼굴을 그려주니
달님이 참 좋다

이 밤도 달님에게 소곤거린다
묵묵하게 들어주고 지켜보는
달님이 참 좋다

어둠에 숨어 기다림의 밤이다
이 시간도 지나니 달님이 온다

맘대로 된다면

사랑이 내 맘대로 된다면
이 밤을 지새우는 아픔은 없겠지요

사랑이 내 맘대로 된다면
그이를 이토록 미워하지 않겠지요

사랑이 내 맘대로 된다면
잊으려 하며 그리워하지 않겠지요

사랑이 내 맘대로 된다면
처음에 사랑을 시작하지 않았지요

달빛 몰래

그리운 당신 오신다는
소식에 오솔길을 나서봅니다
오시는 그 길
듬성듬성 얼음판 염려되어
입던 치마 살포시 덮어두고
돌부리에
저고리도 덮어 두겠습니다

수줍고 부끄러워
달빛 몰래 그리하겠습니다

할부지

이쁘다
손녀 재롱 잔치에 황홀하다
까르르 웃고
종달새처럼 뛰다가
잘 보이면
뽀뽀도 해주고
손녀에게
잘 보이려고
할부지 애교가 극심하다
내게 이쁜 공주님
다원 다율
나에게 이쁜 손녀 둘이 있다
내가 할부지가 되었다

겨울 고목

길 어귀
늙은 고목 서릿발이 열렸네
수없이 피고 지는
산하를 거느리고
희로애락 가슴으로 지켜봤다

땅심으로
긴 세월 묵묵하게 살아낸 길
피고 지는 세월
살다 죽는 인생
켜켜한 사연 나이테에 새겼다

남자의 가오

좌측 우측 물로 산으로
반갑지 않은 짧은 영어 OB

체를 던져야 사는 건데
자꾸 마음 던져서 죽네
드라이버를 던져 버리고
아이언으로 쳐야 하는지

언더파 마눌님
공을 끝까지 쳐다 봐라
절대 고개를 들지 마라
어깨힘을 완전히 빼라

그래도 남자가 가오가 있지
맨날 땅바닥에 고개 쳐박고
힘을 빼고 살라 하는 건지

무참히 던져 잃어버린 마음
닭장으로 찾아 나서야 하나
막걸리 한 잔으로 조문한다

아, 오늘은 왜 이러는 거지

99가지 중에 마지막 핑계

떡국

뽀얀 살결이
투명하게 비치면
너를 갖고 싶은 욕망을 멈출 수 없다
말랑말랑
농염하고 부드러운 너의 입술
너를 내쳐야
나이 들지 않는데
너의 감미로운 유혹을 이기지 못하고
내 젊음 바쳐 너를 맞는다

그냥 그곳에 있었다

그곳에 자리한
돌부리 차고
덩그랑 제풀에
하늘 보고 씩씩댄다

보기만 했는데
비시시 세운 육신
화풀이로
돌부리 다시 차다
덩그랑
제발 잡고 끙끙대고
엉금엉금
땅을 긁어 씩씩댄다

돌부리는
그냥 그곳에 있었다

3부

가고
싶어서
가는 길

가기
싫어도
가는 길

고향길

길을 걷는다
김제 청하 시골길을 걷는다

멀리 지평선에 가득한 비무리
길을 걷는다

질척여 신발을 붙잡는 황톳길

가고 싶어서 가는 길
가기 싫어도 가는 길

걷고 또 걷는 추억의 인생길

만경평야

지평선의 겨울바다는 파도가 없다
풍요를 빼앗긴 대지의 서러움
추위에 꽁꽁 싸매고

초가집 쪽창에 어린 희미한 불빛
위태로이 휘청인다

솜이불 하나 옹기종기 누운 아이들
배고픔에 칭얼대고
힘 빠진 어미의 자장가는
한숨으로 지워진다

지평선의 겨울바다는 파도가 없다

어미의 겨울밤

초가집 처마에
거꾸로 뿌리 내린 고드름이
두런거리는 겨울밤
떠도는 영혼이 별빛에 숨는다

달빛에 몸 드리운
뒷산 부엉이 울음소리에
앙상한 나뭇가지 몸을 떨고
배고픈 자식들 품은
어미의 겨울밤 길기만 하다

고구마 사랑

아파트도 없었다
자동차도 티브이도 없었다
호롱불 샛바람에 흔들리고
해진 양말 기우던 어머니

긴긴 겨울날
자식들 먹일 끼니 걱정에
흙집 단칸방 윗목에
세워진 수숫대 구덩이에
고구마가 가득했다

그해 겨울 어머니의
겨울밤은 든든하고 행복했다

길쌈 노래

비단실을 토해내는 누에를 키워보자
암팡지게 뽕잎 먹여서
알토란같이 튼실한 고치를 지어보자

이제 네 날이 가고
한 날만 더 먹이면
비단실이 지어지는 고치를 만드는데

뙈기밭 뽕밭에 뽕잎이 없네
어미의 걱정은 한숨이 되어
잠든 자식들 모습 별빛에 비춰본다

한가위

초가삼간 지붕 위로
한가위 보름달 빛 흘러내리고

장독대 옆
대바구니 속에 빨간 고추
보름달 빛을
주어다가 추석빔을 가꾸네

보름달 정겨움에
빠져 졸고 있는 늙은 소나무

술 취한 촌부의
손에 든 새끼 명태 두 마리
그림자에 비친
제 모습을 보면서 낄낄댄다

울엄니

한여름 뙤약볕이 가고
울엄니 갈라 터진 손으로
전 부치는 냄새에
철없는 누렁이 꼬리 흔들고

툇마루에 잠든
어린 손자의 고른 숨소리
슬며시 구름에 숨어버린 보름달

외양간에 새끼 밴 암소
옹골지게 여물 씹는 소리에

시샘 많은 별님
슬며시 고개 내밀고 웃는다

솜리 장날

찌그덕 찌그덕

딸랑딸랑

엇나가는 박자가 힘겹다

지난한 등짐에

우직한 발걸음

촌노의 희망 지끈 엮어 매고

새벽길 떠난

50리 솜리 장터

희망은 기울고 소주만 성하다

서산에 어둠 깃들어

갈 길이 한 아름인데

촌노의 한숨은

소몰이 소리를 던져버리고

울퉁불퉁

거친 시골길

늙은 황소 묵묵히 집으로 간다

청하산

청하산
마루턱에 햇빛 비추니
청하의 꼬맹이들
긴 줄 느리우고 소풍을 간다
어서 가서
동무들과
김밥이랑 삶은 계란 나눠 먹고
보물찾기
희춘이 장기자랑
월수
새타령도 들어야지
우리 꼬맹이들 동심의 고향
청하산
허리가 잘려 동강이 났다
청하산
마루턱에 비친
햇빛이 절름발이가 되었다

새챙이길

추억의 길을 걸었습니다
그때는 둘이었는데
오늘은 혼자 걸었습니다

풋풋함 뿌리며
까르르 웃어주던
소녀는 가슴에 숨었습니다

추억의 길을
혼자 걸었습니다
아닙니다

혼자 걷기 너무 슬퍼서
그림자와 함께 걸었습니다

MS

검정고무신 하늘로 던지고
고무줄 끊고 신나게 내빼다
들녘 아지랑이 피어난 연정

똘챙이 황토 십리길을 간다
좋아한다, 흙바닥에 글쓰고
수줍어서 웃음 짓던 사랑꽃

누가 볼까 슬그머니 들어와
다리 끝 낮은 집 수줍은 사랑
흙계단 아래 넘실대는 파도

긴 세월 지나도 새록 그리워
서툼도 수줍음도 흘려보내
황토길 그리움 찾아 나선다.

똘챙이 밤하늘

똘챙이 밤하늘에
흐드러지게 쏟아지는 별빛 향연
소쿠리에 주워 담아

알알이 영롱한 보석으로 줄에 꿰고
달님 모르게 따온 샛별로 치장하여

뒷동산 토끼풀로
꽃시계 꽃반지 나누던
소녀에게 걸어주고 싶었는데

속절없이 외로운 이 밤
밤하늘에 별님들은 구름 속에 숨어들고

어둠에 묻힌 들녘에서
어릴 적 같이 놀던
개구리 합창 소리만이 나를 반기네

똘챙이 밤의 추억

여름 햇살 잦아들고
달빛 두런거리는 여름밤에
동네 아이들이 뒷동산에 뭉쳤다
허리춤에
나뭇가지 꽂고
장수인 양 우쭐대는 아이
긴 막대기 높이 들고
전원 돌격을 외치며
달음질하는 아이
밤하늘 조각구름에
달그림자 춤을 추고
동네 아이들의
여름밤 추억은 깊어만 간다

아버지의 발바닥

오뉴월 기다리는 비 소식은 없고 태양의 집요한 이글거림에 쩍쩍 갈라 터진 논바닥은 아버지의 발바닥입니다 새벽녘 첫닭이 울기도 전에 쉬 마려워 잠 깼는데 빌린 남의 논에 모내기도 못해 보고 올 농사 망해버려 가을 도지 고리 빚 되어 자식들 모두 굶어죽이겠다며 걱정하는 아버지 어머니 숨죽인 흐느낌에도 툇마루에 까치발로 배를 내밀고 오줌을 날려대던 철부지 시절에는 몰랐습니다

세월이 흘러 자식을 낳고 늙으신 아버지 마지막 가시는 길목에서야 아버지의 갈라진 발바닥의 의미를 알았습니다 아버지의 갈라진 발바닥은 풍진 세상 큰 무게를 어깨에 짊어지시고 오직 자식들의 안위 걱정에 모진 세월 거친 강 따라 휘청휘청 맨발로 다져오신 영광스런 인생의 훈장일 것을, 아버지의 마지막 길에 그때서야 비로소 알았습니다

아버지의 발바닥은 내 삶의 든든한 지주입니다

요즘 봄날

들판에 널브러진
아지랑이 타고서
무럭무럭 자라는 새내기 서툰 봄바람
멀리 베트남에서
시집온 아낙 가슴을
개나리 진달래 꽃빛으로 물들인다
두고 온 형제자매
가슴속 사무치는 그리운 마음에 젖어
엄마 찾아 칭얼대는
젖먹이 아기에게 서둘러 젖을 물린다
오십 줄에 색시 얻은
늙은 신랑의 흥겨운 소몰이 소리 높고
논고랑을 넘어대는
누런 황소의 거친 숨에 놀란
기름진 황토 벌러덩 제 속을 뒤 집는다

세월이 묘긴 풍파
농사짓는 아들 몽달귀신 되는 걱정에
새까맣게 숯검정이 된 가슴
어린 손자 젖 먹이는
며느리 튼실한 젖꼭지 살포시 훔쳐보고
봄날 아지랑이 늘어지게 하품을 하신다

간난의 시절

순백의 수채화가
참으로
아름답다
외치던 감성은 어디로 갔나

순백이
녹아지며
드러나는 진창이 떠오르니
청춘이 떠난
덧없는 현실에 고개 숙였다

실같이 남은
감성은
메마른 삭정이로 퇴색되어
눈보라 몰아치는
삭풍에 위태롭게 매달렸다

하얀 눈의
수채화가 슬픈 겨울밤이다

문풍지의 설움

흰 눈 대지에 반사되는
달빛조차 차가운 비수가 되고
초가지붕 줄줄이 내린 고드름
추위에 몸 떠는 밤
수줍게 벌거벗은 여린 속살을
거친 삭풍에 고스란히 내어주고
살점 터지는 아픔에
미쳐버린 앙칼진 비명 소리
지독하게 긴 겨울밤에
문풍지의 설움이 깊어만 간다

사이보그

언제인가부터 글씨가 어른거렸다
신문을 보기도
책을 읽기도 어려워
돋보기를 써야 했지
안과에 가서
인공 수정체를 삽입하는
노안 수술을 했네
예전에 TV에서 인기 있던
600만 불의 사나이
사이보그가 된 것이지

이제 회복되면
세상이 잘 보인다고 한다
적당히 어둡게 보는
세상이 좋았던 건 아닌지
어지러운 세상
속속들이 들여다보는 건
또 다른 두려움이 아닐까
사이보그가
돼버린 노년이 걱정이다

세월의 강

달빛이 추워 구름을 덮었다
만남이 그리워
이별이 슬퍼서

청춘이라 아프다 하였는데
사랑해서 아프고
헤어져서 슬프다

청춘은 저만치 떠나간 것을
추억의
책장을 넘긴다

세월의 강에
배를 띄워 겨울밤을 지킨다

4부

홀로
고백하고
별 빛에
눈물짓는

외사랑

꽁꽁 싸매 둔
사랑에 가슴 아픈 그대여
달을 보고
홀로 사랑한다 고백하고
별빛에 눈물짓는
사랑에 미안하지 않던가

꼼냥 꼼냥

그 님
간 곳은 어디인가

허름한 카페 음악소리에
꼼냥 꼼냥
포옹하고 사랑했는데

포장마차 소주 한잔
서툰 키스에
사랑은 항아리를 넘었는데

그 님
간 곳은 어디인가

사랑과 이별 그리움
나이테에 상처만 가득하네

서글픈 사랑

메마른 볼을 스치는 모래바람이
내 벗은 발을 묻어
울어버린 허상이여

페달을 밟으며 지나는 그를 좇아
가보지 못한
광야의 꿈을 새긴다

여정에 헤진 메마른 나뭇가지에
늙은 부엉이
무심히 잠이 들 때

울어도 슬프지 못한 서글픈 사랑

상실의 밤

다가옴에
새로움의 기대도 없다
떠나가서
서글픈 그리움도 없다

바람은 거칠게
구름을 뭉개고
시간은 처절하게 찢어진다

이렇게 밤이 지나고
또 한 해가 간다
다가옴에
가슴 설레는 청춘이 없다

첫눈 내리는 밤에

첫눈 내리는
그 밤에 사랑이 떠나갔다
이룰 수 없기에 떠나간다고

소복이 쌓여버린
하얀 눈을 헤치고
눈물을 뿌리며 사랑이 갔다

이 밤이 지나고
아침이 되면 잊을 거라고
떨리는 입술을 남기고 갔다

첫눈이 내린다
사랑도 첫눈을 보고 있을까
외로이 서 있는
가로등 불빛이 서럽다

하얀 눈이 그리움을 덮는다

눈 내리는 밤에

그대
떠난다는 말이 믿기지 않아
그냥 가만히 서 있었습니다

이제 가면
다시 못 볼 거라는 그 말에
씁쓸한 미소를 지었습니다

흰 눈
소복이 쌓인 한겨울 밤에야
그대 떠난 줄을 알았습니다

눈 녹는 봄날에
그대 다시 못 볼 것을 알까
이 밤 두려움이 가득합니다

S에게

S
철부지 내 사랑을 거둬가 버린 너
부끄러워 고백도 못하고
연필로 자습장에 수없이 그렸는데

S 네가 볼까 봐
S 네가 관심 가져 줄까 봐

그리고 또 그려도
너의 얼굴이 그려지지 않는 것을

그림 못 그려
사랑 못 그려

그리운 세월 지나 다시 한 S
멀리서 아픈 마음으로 지켜만 본다

지워진 사랑

스스로 아름다워
물색을 뽐내더니
뭉게뭉게 피워내 제 모습을 지웠다

보일 듯 가려질 듯
차갑게 푸르르고
덩실덩실 피워내 제 모습을 지웠다

물안개 스멀스멀
사랑은 스러진다
쓰린 가슴 피워내 제 모습을 지웠다

차디찬 겨울 호수
여울진 내 님 모습
눈물방울 피어내 제 모습을 지웠다

추억의 카페

그대 어디이더냐
낯선 도시 카페에서 선율에 취해

눈 맞추며
영원을 약속했는데
온다는 기약도 없이 가버린 사람

무정한 세월을 찾아
다시 찾은 추억의 카페는 어디에

꿈이 없는 소녀

단발머리 어린 소녀는
아무런 꿈이 없다
거실 구석 선반 위 먼지 쌓인
다람쥐 박제
안쓰러운 눈길로 소녀를 본다
아버지 앉은 뒷벽에
일곱 형제 상장이 가득하다
법관이 꿈이다
의사가 꿈이다
가족이 대신 꾸는 소녀의 꿈이다
어떻게든 이 집을 벗어나야지
집 나갈 때
선반 위 다람쥐 박제 들고 나가
앞산 상수리 숲에 놓아줄 거야
단발머리 어린 소녀는
아무런 꿈이 없다
꿈이 없는 소녀가 꿈을 키운다

피아니스트

무심한 손놀림
제 아픔에 떠는 풍금소리
감춘 사랑에
가늘게 잦아드는 멜로디
흐느끼는 선율
처연하게 흔들리는 불빛
울림을 잃은
건반에 사랑을 실어본다

타로 여신

패를 깔았다
인생에 새겨진 그림을
사랑과 미움 기쁨과 슬픔을 읽는다
하나 둘 셋
칠십팔 가지의 사연을 노래하는
타로의 여신이여
스스로 사랑은 서툴러서
하나 둘 셋
오늘도
패를 깔고 긴 밤을 새운다

발레리나

환희인지 고통인지
가녀린 떨림에 피멍 든 토슈즈
구석에 쪼그린 날개
춤추듯 날아가는 은은한 선율
무서움에 젖어
무릎걸음에 토슈즈를 잡는다
피어나는 백조
흐느끼며 날개를 펴는 소녀

눈물을 놓쳤다

끝내
잡아두었던 눈물을 놓쳤다
뜨거운 슬픔을 하염없이 떨군다
인적 없는 공원의
텅 빈 의자에 육신을 던져놓고
물어도 대답 없는
그리움을 찾아내려 대화를 한다
한 줄기 바람 타고
낙엽이 떨어져 내 품에 안긴다
낙엽아 슬픔을 위로하려 왔느냐
너도 물기 잃어
한 시절을 다했는데
홀로 묻고 홀로 답하는
내게는 흐르는 눈물밖에 없구나
눈물이 땅을 적셔
너의 시절이 이제 다시 오려나
바닥에 떨어져 구르고
발길에 차이는
너와 나 신세 같아 처량하여라

사랑하면

누군가 그리우면
눈을 감아라
그리움이 슬며시 찾아온다

그립다
보려고 하지 마라
그리움이 스르르 숨어든다

누군가 사랑하면
가슴을 열어라
저미듯 가까이 사랑이 온다

잡으려 하지 마라
사랑이 조용히 문을 닫는다

환갑

산 깊은 호수에
드러누운 나무 그림자
달빛 어우러져 고요하다

나 살아낸 길
나 살아낼 길
쓸쓸히 인생의 숫자를 세고
별자리를
더듬는 가을밤에
잔잔한 호수가 조각난다

바람은
낙엽이 고요를 부쉈다 탓하고
낙엽은
바람이 고요를 부쉈다 탓하니
인생의 숫자 세기는
자꾸만 자리로 되돌아간다

12월의 밤

끓어오르는
청춘은 시작이 끝이 되었다
순수함은 생에
부대끼며 비벼지고
이미 헤져버린 넝마가 되었다
열정의 치열함은
약골이 되었으니
현실을 핑계 삼아 얼굴을 가린다
순수해서
청춘이라 했던가
청춘을 잃어
순수를 버렸다 하는가
12월의 막바지 밤이 고단하다
나 끓어오르는
청춘은 아닐지라도
순수한
열정을 꿈꾼다
이렇게 또 다시 한 해가 간다

5부

연천의
보석을
주워담는다

연천의 보석

고능리 산자락에 누워
오색 영롱한
보석들을 주워 담는다

당연한 것들을
애써 더듬어보아도
이미 잃어버린 별자리

북두칠성
사자머리가 저거든가
진즉에
샛별을 찾았어야 하나

메마른 도시에
사육되면서
감성을 팔아먹고 살아

아직도 연천의
밤하늘에는
빛나는 별이 있구나

저 산 어딘가에

저 산
어딘가에 새끼 노루가 산다
지난 여름 아장거리며
개구리 뛰는 기척에도 내빼던
새끼 노루

한여름 장맛비에 어미를 잃고
이리 기웃 저리 기웃
어미 냄새를 그리다가
떨구어진 고개 수풀에 숨겼다

배가 고프진 않을까
풀은 먹을 수 있을까

그 밤에 사라져버린 새끼 노루
단풍 지던 가을
어미 찾던 곳에서 고개를 든다

저 산 어딘기에
새끼 노루가 산다
저 산 어딘가에
노루가 살고 있다

겨울밤

그리움이
슬그머니 다가와
기억의
언저리에 서성이고
애태움은
끝 모를 수렁에 빠져
고개를 흔들어도
보일 듯
보이지 않아
존재는
가득한데
아득한 실체의 부재
저 멀리
부엉이 홀로 우는
산등성이 가파르다

목련꽃

송이 가득
뽀얀 살결 탐스럽게 열렸네
안아보고 싶지만
향기에 취할까
뽀뽀하고 싶어 사랑이 아플까
조용히 바라봐도
고고함 가득하다
사랑이 꾸며준 순백의 동산

은하수

밤하늘
무리 지어 빛나는
찬란한
보석의 향연
사랑 담은
요정으로 태어나
내 곁에 오니
사랑 있음에
존재가 있다

큐피트의 화살촉이
사랑을 심었다

너에게

자유를 꿈꾸며
너에게 영혼을 던진다
0.3초 찰나의
시각에 너는 나를 가졌다

작은 새가
너무 사랑스러워서
너와의 자유를 꿈꾸며
지켜주는
그런 사랑을 하고 싶다

소쩍새

구슬피 노래하는 사연에
어둠이
웅골지게 또아리를 틀었다
서투르게
별자리를 더듬거리다가
은하수에
하염없이 빠져버린 그리움
저 소쩍새
어서 잠들어 어둠을 물려라
너 울어
빠져든 그리움을
밤새워 지은 종이배로
은하수에 띄워가련다

호랑나비

꽃 향기 주렁주렁
오색 빛 영롱한 자태
당신 내게 깃들어
어깨가 천근입니다

이 사랑을
영원히 붙잡고 싶어
가슴은 뛰고
그대 가버릴까 하여
경직된 육신
벅찬 사랑도 조심했는데
떠나가는 당신
허전한 어깨가 슬픕니다

기다립니다
당신 내게 다시 깃들어서
이 사랑을
날개에 가득 태워 주세요

새순을 벼른다

좋은 시절의 서사를 그리며
앙상한 추위를 견디는 나무
온몸이 얼어가도
신음소리 참아내
벌거벗은 나신을 내준다

얼어붙은 동토에 몸서리 있어
호수에 피어난
물안개가 아름답다

시절의 서사가 그리워
겨울나무
얼음 추위에 새순을 벼른다

다가올 시절에는
이 겨울이
또 다른 서사가 된다

야생화

나는 향기 없어도
사랑하는 눈 하나 있다
상큼한 웃음
그윽한 향기
새가 두고 간 씨앗이
행복의 꽃이 되었다

야생화2

단아한 자태
수줍어하는
그대 모습이 새롭고 귀하다

은은한 향기
바람에 흐르는
그대 향취에 마음 설렌다

드러내지 않는
그대 소박함에 사랑이 인다

이름 없다는 그대
그대 이름은 무엇인가

야생화3

산기슭에
스렁스렁 햇살 비출 때
행여 보일까 봐
수줍어 제모습 숨기고
먼 봉우리에
그림자 길게 드리울 때
살며시 고개 내민
애틋한 사랑이 이뻐라

사계

가슴 벅찬 희망으로
초록 기운 새싹을 맞았는데

시골 장터 늙은 대장장이
깊게 파인 주름 타고
땀방울로 달궈진 시뻘건 쇳물

스러지는 짙푸른 녹음
허수아비의 외로움은 깊어지고

기러기 힘든 날갯짓에 뿌려진
메마른 삭풍이 차갑다

순백의 영롱함에 빠져
극락을 누비는 동자승의 영혼

다시 오는 초록 기운
너풀너풀 날아서 희망이 온다

사계2

부드러운
봄바람의 애무에 녹음을 피웠다
녹색 코트 된더위에 그늘 내주고

가을빛 색동 옥에
하얗게 피어나는 그리움 뭉텅이
길가는 나그네의 젖어드는 눈길

마른 나뭇가지에
차디찬 눈보라 인정없이 던지고
부엉이 울음도 얼어붙어 흐른다

봄 여름 가을 겨울
물레방아 돌아가는 세월의 윤회
하얀 화선지 그리움을 지운 흔적

6부

아프지
마라
너
혼자면
족하다

가버린 사랑

미안하다
사랑을 홀로 지워서
미안하다

아프지 마라
뜨거운 굴레 풀어내고
가버린 사랑
가슴속에 그리움이 절절하다

미안하다
아프지 마라
나 하나면 족하다

태수

파도 춤을 추고
바람이 노래하는 그곳
커피 한 잔
그윽한 향기에 취해서
그리운 태수
커피에 담긴 그대 모습
지울까 아쉬워
하염없이 차가운 그리움

누가 알고 있을까

이름 없는 초야에서
피고 지는
저 꽃들은
제 기쁨을 알고 있을지
제 슬픔을 알고 있을지

산정에 묵묵히 자리 잡은
저 노송은
제 슬픔이 있을까
제 기쁨이 있을까

죽도록 사랑한다는 청춘은
시간의 고통을
이별의 슬픔을 알고 있을까
우리는 알고 있을까
얼마나 알고 있을까

촛불

피워내는 불꽃
밀어내는 어둠
뜨거움의 눈물
위태로운 바람
피어나는 여명
녹아드는 나신
떠오르는 태양

그렇게 촛불은 치열하게 살다 죽었다

참 바보다

크리스마스에
착한 아이에게
산타크로스 할아버지가
선물을 주고
간다는 동화 속 거짓말을
여섯 살
어릴 때 이미 알았는데
사랑하기에
헤어진다는
버릴 수도 피할 수도 없는
그 거짓말에
아파하는 나는 참 바보다

커피향

그리운 사랑
떠나간 사랑 찾아지지 않아
잊힐 듯하여
못 볼 듯하여
내내 익숙한 거리를 걸었다

찾을 듯하여
만날 듯하여
낡은 카페에서 한잔의 커피
은은하게 다가와
손 내어 품어보니
그윽하게 안기는 커피 향기
사랑,
그리움을 먹는다

어리석은 질문

그녀는 묻는다
왜 떠나갔냐고
갈 곳이 없어 떠난 것인데

그녀는 묻는다
이유가 무엇이냐고
밝히지 못해 가슴 아플 뿐

그녀는 묻는다
그동안 어디 갔었냐고
육신은 갔어도
마음은 꽁꽁 두고 갔는데

애련

눈을 기다려 본다
밝은 햇살이 밉다
언제쯤 하얗게 덮일까

그때쯤이면
그때쯤이면

내 마음이 덮여질까
뜨거운 마음 식혀질까

눈을 기다려 본다

애련2

스르르 눈이 떠진 새벽녘
무언가를 찾는가
머릿속을 헤아린다

두고 간 물건들 하나하나에
박혀있는 그대 모습
포개진 그리움이 가득하다

괜한 짓을 했구나
슬픔은 온전히 내 몫인 것을

낙엽이 지니

떠나는 사랑
그토록 푸르름은 어디로 가고
세월에 버림받아 낙엽이 진다

뜨거운 열정으로 불태웠는데
사랑에 버림받아 사랑이 가네

앙상한 나무에
까치 부부 사랑 소란스럽다
눈이 오려나 하늘이 어둡다

아닌 줄 알면서도

지독히
아픈 사랑을 하고 싶다
애타는
그리움에 눈이 멀고
뜨거움에
온몸이 재가 되는
아파서 행복한 사랑

눈은 왔건만

시한부 삶을 지탱한다
G7 커피를 탄다
안 먹던 것을 독차지로 옮긴다
손길 닿은 건 다 내 것
모든 상념이 한 곳으로 흐른다
어이없고 놀랍기만 하다
이토록 온전히 바뀔 수 있을까
바람에 휘둘리는 한 가닥 지푸라기처럼
가벼웠던가
눈은 왔건만
눈은 왔건만

탐라에서

한라산 중턱에 가로막혀
슬퍼하는
흰 구름 한 조각 애처롭다
바람에 부대낀
성난 파도는 쉼이 없구나
쪽배 타고 나간
젊은 신랑 언제 오시려나
자식새끼
목숨 줄 부여잡고 바등대며
긴 숨 삼켜
물질하다 지나온 모진 세월
시커멓게 썩은
할망 가슴 검은 돌을 낳았다

숨비

바람이 운다
파도가 운다
제주 바다에 숨비소리 멈춘다

물질 막힌
할망 가슴이 운다

거친 바람에 숨비소리 날아가고
깊어진 할망 시름
제주 돌담에 켜켜이 쌓여간다

춘천에서

잔잔한 호수에
물안개 스르르 어둠이 초입에 걸렸다

좁은 골목길
오래 묵은 슬라브 주택 쪽 마당에는
용을 쓰는 늙은 감나무

정겨운 연탄불 화덕 허름한 식당에서
닭갈비를 먹었다

도란거림의 정겨움을 춘천에서 먹었다

울산바위

가을 처녀
빨강 붓놀림에 수줍은 울산바위
우뚝 서서 용맹한데
먼 바다 바라보며 시리도록 외롭다

금강산
찾아 나선 고난의 천리 길
무엇을 그리다가
이곳에 하늘 높이 굳었는가

저 아래 지나가는
기러기 힘든 날갯짓이 서럽다

무념

바람이 자유로이 오고 가니
꽃씨 마구 날리고
새봄 평화로이 맺히는 봉오리
젊은 소나무 제모습 뽐내고
돌담 할미꽃 저마다 수군대네

한 사발 개울물로
차 우려 넘기니 선계에 들고
주인 없는 빈 잔
살포시 내려앉는 단풍잎 하나
덩실덩실 어화둥실
춤추자 온 세상이 즐거움이다

군불 때 누워보니
바삭바삭 박새 무리 사랑하고
나그네와 주인은
한잔 술에 끌어안고 잠이 드네

발문

환경공학 CEO가 펼쳐주는 소통과 힐링의 시

이인환(시인)

시가 이슬 먹고 사는 사람들의 어려운 언어유희가 아니라 평범한 사람들이 쉽고 진솔한 언어로 소통하고 힐링하는 도구라는 것을 잘 보여주는 오종택 시인의 시들은 우리를 행복하게 한다.

서툴러서 죄송해요
노력할게요
시간을 주면
잘 해 볼게요
- '서시' 전문

시는 곧 시인이다. 시에는 시인의 삶이 드러난다. 오종택 시인의 시에는 '상대를 진심으로 대하는 자세'가 드러

난다. 고향, 가족, 사랑, 이별, 환경을 생 언어로 순수하게
풀어낸다. '서시'에서 우리는 시인이 '연인, 또는 직원이나
고객'을 대하는 시인의 진솔한 삶의 자세를 볼 수 있다. 시
를 통해 관계를 잘 맺기 위해 노력하는 시인의 삶을 오롯
이 만날 수 있다.

거기 누가 있나요
나무 그림자에 숨어 순정을 찾고 있나요
한숨 소리가 들려요
낙엽 떨어지는 모습이 슬픈 나이인가요
달빛이 구름에 숨었어요
수줍어하지 말고 당신을 드러내 주세요
살짝 고개가 보이네요
혹시 저를 찾으시나요 거기 누구신가요
 - '소통의 시작' 전문

시인은 대한민국 환경산업(폐기물처리업)을 이끌어온
선구자요, 성공한 기업을 일군 CEO로서 회사 임직원들에
게 매주 '월요일에 러브레터'를 띄우면서 '소통의 시작'을
알리는 글을 쓰기 시작했다.

저 산
어딘가에 새끼 노루가 산다

지난 여름 아장거리며
개구리 뛰는 기척에도 내빼던
새끼 노루

한여름 장맛비에 어미를 잃고
이리 기웃 저리 기웃
어미 냄새를 그리다가
떨구어진 고개 수풀에 숨졌다
 - '저 산 어딘가에' 중에서

시인은 대한민국의 환경보전에 진심이다. 문명의 발달로 점점 삶의 터전을 잃어가는 노루를 안타까운 마음으로 바라보는 '저 산 어딘가에'는 자연을 사랑하고 환경을 생각하는 시인의 선한 눈빛이 그대로 담겨 있다.

인간이 겪는 거의 모든 문제는 관계에서 비롯된다. 관계를 잘 맺으면 아무리 힘든 일이라도 쉽게 해결해서 행복한 길로 들어설 수 있지만, 관계를 잘 맺지 못하면 아무리 사소한 일이라도 분쟁을 일으켜 불행의 길로 들어서기 쉽다. 그렇다면 어떻게 관계를 잘 맺어 행복한 길로 들어설 것인가?

시인의 시가 바로 그 답을 제시하고 있다. 진솔한 소통의 시로 관계를 잘 맺기 위해 심혈을 기울이는 CEO 시인, 힐링의 시로 아픔을 풀어가며 미래의 희망을 노래하는 시인, 세상에나 시쓰는 CEO와 함께 하는 '소통과 힐링의 시'라니!

시인을 '소통과 힐링의 시'로 모실 수 있는 것은 우리에게 정말 큰 행운이자 축복이다. 그동안 평범한 사람들을 대상으로 꾸준히 넓혀온 '소통과 힐링의 시'의 창작의 주체를 더욱 넓힐 수 있기 때문이다.

후기

제게 시는 그림을 그리는 일입니다.

시공간을 넘나드는 붓질로 그려내는 인생, 추억, 사랑이
날개를 달고 저마다의 캠버스를 수놓고 있습니다.

조용한 밤에 스치는 상념들을 주워 모아 시어로 옮기다
보면 고향의 어머니가, 회사와 임직원들이, 그리고 사랑
하는 이들과 함께 살아온 인생의 여정이 한 폭의 그림을
펼쳐주곤 합니다.

그걸 심상, 또는 이미지라 하지요. 부족하지만 제가 그려
낸 시 그림이 독자님들의 자유로운 해석으로 아름다운 인
생, 추억, 사랑을 채워나가는데 보탬이 되었으면 하는 바
람을 담아봅니다.

2022년 가을
별이 보석처럼 빛나는 연천에서
오종택

소통과 힐링의 시 27
인연의 씨알들이 바람씨가 되었네

초판 인쇄 2022년 12월 21일
초판 발행 2022년 12월 23일

지은이/ 오종택

펴낸곳/ 출판이안
펴낸이/ 이인환
등 록/ 2010년 제2010-4호
편 집/ 이도경 김민주
주 소/ 경기도 이천시 호법면 단천리 414-6
전 화/ 010-2538-8468
이메일/ yakyeo@hanmail.net

ISBN : 979-11-979987-2-0(03810)

* 出版利安은 세상을 이롭게 하고 안정을 추구하는 책을 만들
기 위해 심혈을 기울이고 있습니다.